CAMBIOS INCREÍBLES EN LA TIERRA

FÓSILES Y DINOSAURIOS

De Julie K. Lundgren
Traducción de Santiago Ochoa

Un libro de El Semillero de Crabtree

Crabtree Publishing
crabtreebooks.com

Paleontología:
El estudio de la vida antigua a través de los fósiles.

Índice

La vida en la Tierra cambia

La vida en la Tierra ha cambiado con el tiempo. Las plantas y los animales actuales difieren del pasado. Las flores y los animales peludos, como los perros, los gatos y los conejos, aparecieron mucho más tarde en la historia de la Tierra.

dinosaurios

Algunas formas de vida, como los **dinosaurios,** ya no existen. Los dinosaurios vivieron en todos los **continentes** de la Tierra.

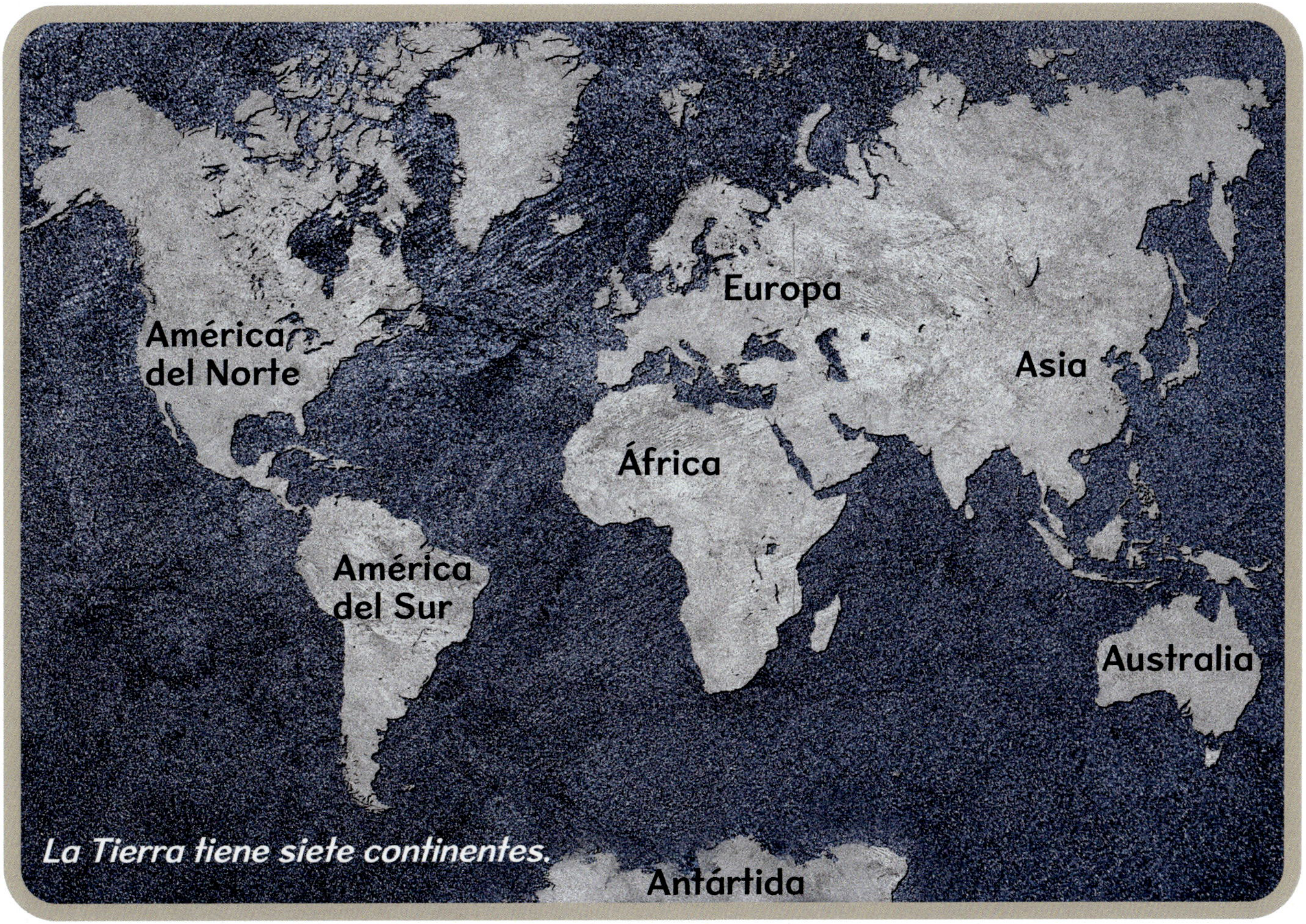

La Tierra tiene siete continentes.

¿Los fósiles como máquinas del tiempo?

A través de los **fósiles**, conocemos la vida **prehistórica** de la Tierra. Estudiando los fósiles, podemos mirar hacia atrás a través de millones de años.

fósil de libélula

Fósil de un *tyrannosaurus rex.*

fósil de un pez

Los **paleontólogos** han descubierto fósiles de huesos, dientes, plumas, escamas, garras, huevos, nidos y huellas de dinosaurios.

dientes

huevos

garra

huella

Los paleontólogos pueden medir la edad de los fósiles y saber qué dinosaurios vivieron en la misma época.

Los paleontólogos utilizan las capas de roca para conocer la edad de los fósiles. Los fósiles más antiguos están en las capas inferiores y los más nuevos en las superiores.

Por la forma, el tamaño y el contenido de los huevos fósiles, podemos saber qué tipo de dinosaurio los puso.

Al estudiar los fósiles de plantas y dinosaurios de la misma edad y zona, podemos empezar a entender la vida y los **hábitats** de los dinosaurios.

Las huellas proporcionan pistas sobre la velocidad a la que se movía un dinosaurio, y si caminaba en dos o cuatro patas.

El allosaurus*, un carnívoro, y el* brachiosaurus*, un herbívoro, vivieron hace unos 140 millones de años.*

Los dinosaurios vivieron de 245
a 65 millones de años atrás.

Un entorno prehistórico pudo haber tenido un aspecto muy diferente al del mismo lugar en la actualidad. Una vez hubo una selva tropical en lo que ahora es la Antártida.

La Antártida en la actualidad.

Comparando el pasado y el presente

Podemos **comparar** los fósiles de dinosaurios entre sí y con los animales actuales. Las pistas de los fósiles señalan a las aves como los parientes vivos más cercanos de los dinosaurios.

Los velociraptors *tenían plumas y huesos huecos como las aves.*

velociraptor
correcaminos

A medida que excavemos y estudiemos más fósiles, aprenderemos más. Todavía quedan emocionantes descubrimientos por encontrar.

Glosario

comparar: Juzgar una cosa frente a otra y notar similitudes y diferencias.

continentes: Las siete grandes masas de tierra de nuestro planeta.

dinosaurios: Un gran grupo de reptiles que vivió en la Tierra en tiempos prehistóricos.

fósiles: Restos de animales y plantas de hace mucho tiempo, conservados en la roca.

hábitats: Lugares donde viven naturalmente plantas y animales.

paleontólogos: Científicos que estudian los fósiles.

prehistórica: Perteneciente a un tiempo antes de que se registrara la historia de forma escrita.

Índice analítico

Apoyo escolar para cuidadores y profesores

Este libro ayuda a los niños a crecer permitiéndoles practicar la lectura. A continuación se presentan algunas preguntas orientativas para ayudar al lector a desarrollar su capacidad de comprensión. Las posibles respuestas que aparecen aquí están en color rojo.

Antes de leer

- **¿De qué creo que trata este libro?** Creo que este libro trata de los dinosaurios y de dónde vivían. Creo que este libro trata de por qué los dinosaurios ya no existen.
- **¿Qué quiero aprender sobre este tema?** Quiero saber más sobre lo que comían los dinosaurios. Quiero saber si los esqueletos de dinosaurios que hay en los museos son los verdaderos huesos de los dinosaurios.

Durante la lectura

- **Me pregunto por qué...** Me pregunto por qué hay huevos de dinosaurio que nunca se rompieron. Me pregunto por qué una vez creció una selva tropical en la Antártida y por qué ahora está cubierta de nieve.
- **¿Qué he aprendido hasta ahora?** He aprendido que las aves de hoy son los parientes vivos más cercanos de los dinosaurios. He aprendido que los *velociraptors* tenían plumas y huesos huecos como las aves de hoy.

Después de leer

- **¿Qué detalles he aprendido sobre este tema?** He aprendido que los paleontólogos son científicos que estudian los fósiles. He aprendido que algunos dinosaurios tenían garras y dientes muy afilados.
- **Vuelve a leer el libro y busca las palabras del glosario.** Veo la palabra *dinosaurios* en la página 7 y la palabra *prehistórica* en la página 8. Las demás palabras del glosario se encuentran en la página 23.

Crabtree Publishing

crabtreebooks.com 800-387-7650

Print book version produced jointly with Blue Door Education in 2022

Hardcover	978-1-0396-4830-2
Paperback	978-1-0396-4957-6
Ebook (pdf)	978-1-0396-8949-7
Epub	978-1-0396-9076-9
Read-along	978-1-0396-9203-9
Audio book	978-1-0396-9330-2

Printed in Canada/062023/CP20230531

Library and Archives Canada Cataloguing in Publication
Available at the Library and Archives Canada

Library of Congress Cataloging-in-Publication Data
Available at the Library of Congress

Published in Canada
Crabtree Publishing
616 Welland Avenue
St. Catharines, Ontario
L2M 5V6

Published in the United States
Crabtree Publishing
347 Fifth Avenue
Suite 1402-145
New York, NY 10016

Written by: Julie K. Lundgren
Translation to Spanish: Santiago Ochoa
Spanish-language copyediting and proofreading: Base Tres

Photo Credits: istock.com, shutterstock.com, Cover; Bob Orsillo. PG2-3 and back cover: 501room. PG4-5: absolutimages, para827. PG6-7:Allexxandar, Herschel Hoffmeyer. PG8-9: stockdevil, mirecca, aodaodaod. PG10-11: dgero, neenawat, MarcoCavina, paleontologist natural. PG12: Pino62 | Wikimedia https://creativecommons.org/licenses/by-sa/3.0/deed.en, PG 13 Daniel Indiana. PG14-15: Elnur, LuFeeTheBear, markrhiggins. PG16-17: Nine_Tomorrows, DARREN HOOK. PG18-19: Photodynamic, AmeliAU. PG20-21: leonello, MikeLane45. PG22: Nils Knötschke; CC BY-SA 2.5 -Generic_https://creativecommons.org/licenses/by-sa/2.5/deed.en